MIENTRAS EL MUNDO DICE NO

MIENTRAS EL MUNDO DICE NO

Víctor del Árbol

ESPASA ES POESÍA

ESPASAesPOESÍA

Primera edición: noviembre de 2023

Preimpresión: MT Color & Diseño, S. L.

Depósito legal: B. 17.445-2023
ISBN: 978-84-670-7125-2

Espasa, en su deseo de mejorar sus publicaciones, agradecerá cualquier sugerencia que los lectores hagan al departamento editorial por correo electrónico: sugerencias@espasa.es

www.espasa.com
www.planetadelibros.com

Impreso en España / *Printed in Spain*
Impresión: Liberduplex

Editorial Planeta, S. A.
Avda. Diagonal, 662-664
08034 Barcelona

A mi hermano, que sin él saberlo
fue la mejor parte de mí.

PARTE I

TIERRA ADENTRO

Por si acaso

Habrá que empezar por algo,
me digo,
un juego de manos
o el artificio perfecto
para el pirómano.

En el ojo de cristal estalla
el resplandor
de una verdad posible,
una vida cosida
con papel verde
de cometa.

Yo no entiendo de sujeto y predicado,
ni te cuento de complementos
directos,
si va primero el significante
y detrás el significado.

No divorcio palabras con los dedos,
no soy alejandrino ni profeta,

ni gallo cantamañanas.
Y si me quemas, a la hoguera conmigo.

Fui el último de la fila,
el de los pájaros de barro,
el que nunca levantaba la mano.
Un fraude, decían.
Un espejo rayado.

Materiales orgánicos, entonces,
allá vamos:
las emociones,
arrugas de corazones indolentes
en este tiempo sin preámbulos.

Las palabras en parpadeos,
aire que se parte,
agua en la tierra,
sarmientos sin raíces.
Y, a veces, algo nuevo.

¿No dicen que anudamos el mismo universo?
Qué puedo saber yo,
acaso amasemos el mismo silencio.

Esta mi sublevación
antes de que el gusano se quede

lo que quede.
Antes de que el verso
se vuelva cadáver
y, luego, se pudra.
Será antes del último arrebato
triste y esforzado.

Me joden los años tachados,
me mortifican los días sin aliento,
las grutas lunares,
el limonero seco
y el hierro en la cruz.

Aquí no hay volcán desatado,
no hay Poeta.
No hay urgencias pueriles
ni lluvia de tatuajes.

Que pequen solos los amantes si se quieren.
Que se destruyan las consonantes si se odian.
Que se salven los justos y sus corderos.
Que se condenen los culpables con sus besos.

Que se vuelva vientre quien quiera parir,
o sabio quien sabe lo que no sabe…

Ya me he cansado de perder o ganar.

Por eso ahora.
Por eso aquí.
Por eso tú.
Por si acaso.

Un hombre valiente

De ti recuerdo mi recuerdo,
hermano,
la mirada guiñada
y la sonrisa del diastema;
esa risa tuya sin huesos
que siempre tenía hambre de pan.
Tus historias interminables y tus manos de molino,
las hormigas que corrían por tus pupilas al contar.

Todo quería ser poeta en ti
y te inventaste la biografía
en tu lado de la pared
con malditos,
los cantantes de cantina
y las muñequeras con clavos de punta roma,
porque tú, hermano, nunca supiste dañar.

Te tatuaste la piel con dolores de antes,
barones rojos y flores del mal,
botas militares y tejanos de mercadillo,
pitillos robados de padre,

para princesas de falda corta
en el patio de la escuela.

Querías ser algo
parecido a lo que eras
pero no lo sabías.

Luego llegaron las perolas de arroz blanco
en el parque de Los Pajaritos, ¿te acuerdas?
Ya no eras un niño
pero todavía querías galopar
el caballo de la furia
los viernes por la tarde
cuando en los bolsillos los puños,
un par de colillas y el número al que llamar
por si en un mal túnel
te rompía la vida.

Dejaste que tus cejas marcaran tu ira.
Te crecieron aretes de pirata
y cuchillos en la lengua
aunque tu mirada seguía
en el tiempo
de juegos
en las aguas del Ter.

Te volviste del color que trae la desgracia,
la frente apoyada en el ladrillo

y la tristeza en los tronos
del callejón.
Trampas sin salida
y los jaguares no te dejaban en paz.

Oficiaste el olvido,
la muerte a mano propia,
la resurrección de vez en cuando,
un verso de púas para enrocar el corazón,
una frase en la ventanilla del autobús.

Pateabas las piedras,
despejabas el camino a tu epitafio.
Sin gloria, harto de héroes
de cerveza caliente y de hachís culero,
de novela barata y barrotes en el puerto.

Y entonces lanzaste el grito que rompió el cielo
en la gasolinera de tu ruina:
te abriste el pecho,
metiste la mano dentro,
rezumaste el veneno verde
hasta la amarga locura,
te ataste con cadenas a la mazmorra del cielo bajo
y juraste morir
para nacer de nuevo.

Fuiste el hombre más valiente que jamás he conocido.

El páramo

Trae de vuelta la paloma que dibujaste,
que ahora vuela vertical.
Dile que tengo casa que ofrecerle,
que he pintado de verde paredes
para que sueñe con espigas.

Cuéntale que aquí ya no quedan hombres
ni nombres ni voces.
Dile que he aprendido a callar.

Muéstrale mi reino de esparto,
sudor de siestas al final de julio
y alguna silla pegada a la sombra.
El aire mece la aldaba,
el badajo suena a carraspeo viejo
y en la tachuela cuelga un muerto.

No queda quien pena con las manos
el surco ni la cal.
Solo cruje la hierba:
tumba de esperas.

Que venga sobre lo que dejamos
cuando nos vamos sin haber sido.
Que ahora es suya la nada entera,
pero dile que se cuide de los cuervos:
que tienen tus ojos
y mi memoria.

Miro hacia atrás

La nota de fuego de tu risa,
tierra fértil de la mentira.
La huella sin arar del «debí marcharme
antes de querer quedarme».
Ahora hubiera deseado no llegar.

«Estás loco», dice tu rabia.
«Estoy loco»,
responde mi indiferencia.

No era mucho lo que yo quería:
un pedazo de tierra,
un corte de horizonte,
algo que silbar cuesta arriba.

Tuve algunas lunas y flores preñadas,
eso es verdad,
y esquinas con espinas.
Lo tuve todo y lo tuve nada.

Habrá polvo en los muebles de la casa,
sábanas viejas,

rumores oxidados,
juegos de muertos
en nuestra cama trampa.

Y ahí seguirá la vieja piedra del «te espero».
Al borde del camino
la desdicha de nuestros cuentos,
la molienda de nuestras esperanzas.

Ahí sentado ando quieto
vigilando el vacío por si llegas,
por si vengo.
Pero nada se arrima a la vereda,
solo la tarde
y esta estúpida manera de olvidar.

No me creas
(Lear)

No me creas si te digo que te conozco,
bufón sin sombrero.
Seguramente sea pura cortesía.

Pero digo lo que he visto
y lo visto es lo que digo:
que comías polvo rojo
a la sombra del rey
encorvado a sus pies.

Le sacabas filo al miedo,
repartías corduras
que no tuvieran soga,
tentabas solo lo posible
y ellos te aplaudían.

Vestías en todo el hábito del loco,
tejías sin hilo
risa tuya
de niño profeta.

Desperdicias tu querencia
si guardas aire en los bolsillos,
si llamas a la brisa viento
y cantas a los vivos
canciones de muerto.

Tus ojos eran otros, bufón,
nada temías de tu temor
tumbado en el pecho de tu madre,
hierbabuena de tu hermana,
de tu amiga.
Alumbrabas leche y otros deseos.
Tu piel cambiaba de ropa
en el espejo de otro cuerpo
cuando Lear te llamaba.

¡Qué hermoso te sentías!
¡Qué interminable!

Tú no podías saberlo,
¿cómo podrías?,
que tus piernas eran barro sin destino.
Rama seca,
desierto que los hombres lloran
para llenar lo imposible.

Tenías un nombre de tres sílabas
y, al oírlo, otros corazones renacían del hierro.
Pero no el mío.
Porque yo te conocía.

La travesía

Sueña el niño hombre
que llora despierto el cansancio
del viejo niño.

Compra la eternidad,
promete una huella
antes de volverse epitafio.

Pero no hay engaño:
embalsamado
en el terror
del último arrepentimiento.

Llorará montañas,
sombras en la cima,
lunas de antes.

Qué lejos la llanura,
útero de la madre.
Dónde la tierra
del jabón del padre.

Y a eso lo llamará «infancia».

Todavía no llega
el campo sin arar
que un día grabará su no nombre.

Y dirá que ha vivido
sin saber si fue verdad.

Y a eso lo llamará «sueño».

Te quiero

Te quiero, y es un decir sincero
pero incompleto.

Porque la voz es mentira
cuando gobierna el silencio.

Porque sin ojos y sin boca y sin oídos,
también te quiero.

Te quiero porque mi pie pisa
lo que tú labras,

porque mis manos beben
lo que tú lloras,

porque mi sombra viaja
por tu espalda.

Y si nada existiera, ni el campo ni el llanto ni el
[viaje,
también te querría.

Sin ti no hay mundo ni cielo ni verdades que buscar
ni mentiras que enterrar.

Sin ti, el árbol muerto, la laguna seca,
los limones sin olor.

Te quiero sin que sepas cuánto.
Porque mucho es poco y todo no basta.

Te quiero sin nada que yo pueda hacer.
Y no querría hacer nada.
Eres el sitio del que vengo,
una inocencia de casa encalada,

de calle silenciosa,
de ruedas sin camino.

Y una higuera en el río.

Te quiero en las arrugas que vienen,
venas del tiempo que nos lleva.

Te quiero. Y ojalá te quisiera
como te quiero.

La verbena, madre

Eras un paisaje sin explorar,
una tierra sin heridas,
ningún mal hollaba tus ojos de cera;
tu diadema en la cabeza
era la corona de tu reino
sin pesadillas.
Tenías catorce años y era San Juan.

En la fotografía hay un destiempo,
se va por un lado tu sonrisa
y por otro huyen tus pies
que se tuercen hacia dentro,
como los dedos de tus manos
contando ve a saber qué
con el pulgar.
Manos viejas de hilandera
para una niña sin costillas.

Él posa a tu lado, todo cejas y cuerpo,
acero bruñido
en no se sabe qué guerras,

la mata de pelo como una selva,
las lunas rojas jaranean
como la hoguera que os alumbra.

El amor de tu vida,
el barco que debía llevarte lejos
sucumbió contigo a la deriva.
Me pregunto si yo estoy bajo la cinta de tu cintura
en tu vientre nuevo,
si fue en aquella noche de verbena
cuando tu corazón y el mío
empezaron a contar días
y miedos por venir.

Madre niña niño hombre
y en medio yo,
el final de vuestras promesas.

Tantas veces me culpaste de tu desdicha
que aprendí a ser tu amargura,
el cauce de tu ira,
la hebilla de esos zapatos
que lucías con un poquito de tacón,
el carmín desgarrado de tu boca
cuando los besos se te caían
y él no llegaba.

En el columpio de tu locura
balanceaba yo mis pies,
esperando contigo que volviera de sus cacerías de
[dragones
siempre magullado,
siempre su mirada
en los clavos de Chircales,
en el umbral de las cosas.

Dulce derrota

(para Eva, cuando fue)

A cada ser le llega la tierra,
mi querida Eva,
y todo combate cesa.
Bien lo sabes, alma de Formentera.

Quitarse la armadura
y entregarse a la paz
de una victoria sin épica.
Eso me enseñaste.

Y no supe cómo aprender
lo que ya sabía
resuelto el negocio de la vida
en esta nueva patria
en esta casa nueva con ventanas al mar.

Para siempre nuestros abrazos,
desde siempre nuestro querer
sin ayer.
Sin dolor.
Sin memoria.

A tus ojos, mi espejo.
A mi nombre, tu boca.
Tus sueños para mi esperanza.

Duelo

Verdea la espina en la rama muerta
y la tierra seca engendra un brote.
Cosas de Cristo, corona y vida.

Cuando me duelas no te huiré.

Ha sido he sido el tiempo consonante
de la emoción contenida.
¡Qué ceguera la mía!
¿Cómo se contiene lo que no cabe?
No hay cicatriz para la vocal mayúscula.

Repuebla mi tierra,
dame lo que me diste
cuando éramos Dios partido en dos.
Dilo en un susurro: «te quiero»,
no sea que la muerte se enfade.

Olvidemos el tedio horizontal,
largas noches
de sábanas ajenas.

Loco susurro de alma seca:
¡Mira cómo llueve!

Bella vocal madre
que me lleva del soñar al vivir.
Ya no más Yo.
Solo tú en mí.

Y Laura

I

No sé contar
pero puedo decir
lo que no sé callar.

La vía del tren
que rompe tus ilusiones,
las cajas que te guardan,
la niña que no sabe escapar.

Todas esas posibilidades
detrás de la ventana.
Al otro lado del tabique
esa vida
que te entristece.

Tú buscas lo que no hallas
y, si lo encuentras,
lo rechazas.
No hay espejos
en tus lunas verdes.

Tú ansías la fragua.
Eso es decir la entraña.
Caminar descalza
en el mar de cristal.
Rozas con tus alas
mi viento de lava.

Libre como el cuero del tambor.
Sangre que nace verde
y a ratos un puñado de desierto,
de luna de mar.

Tan eterna.
Tan lejana.
Tan cierta.

No sabes que eres mi templo
donde yo me arrodillo,
donde bebo de tu cáliz,
donde renuncio a morir.

Solo te estoy aprendiendo.

II

Mil veces has nacido.
A cada una de tus muertes
le pusiste nombre.
Tú y mi limonero.
Yo y tu esclava.
Nosotros y el miedo.
Ellos y la fanfarria.
Vosotros, los espejos.

Bebes en cada agua
de palabras escritas
pero no hay sed
que te calme.
No todavía.

Eres el sexo almo,
el alma boca,
la boca en el corazón,
el corazón de las mañanas.

En esta cama
que no quieres
sin ventanas
se nace
en cada orgasmo.
Diosa mortal
que ama las debilidades,
que sueña las seguridades,
que no giraría la vida
por lo cierto.

III

Loba de tierra húmeda
donde queda toda huella
que lames con afán de borrar.
Fuego de lengua cinta
donde forja su fuerza
tu verdad.

Aire en el vientre
cuando danzas
para invocar tus deseos.
Agua en la sal,
mercurio de una estrella
que viste morir.

Círculo sin fin que me observa llegar.
A tu vida.
Para siempre.

A medias

No quiero contenerme en un miedo
ni encerrarme en una excusa.
No quiero sino ser palabra.
Más aún, ser nada.
Entender desde dentro
lo que corre en los hilos dorados.

Mirada y sentir.
Silencio que a todas partes viaja.
Verga de fuego, hierro el hielo.
Ninfo y santo a lomos del asno.

Que arda lo que no sirve.
Que muera lo muerto.

Lo que duele

Al pirata la pata de palo
y el barco en el fondo.
Le hiere el cielo perdido,
la tempestad en la orilla,
el techo doméstico.

Madrid entera.

Pero él sonríe,
de lo que duele no se habla,
se muestra la astilla
pero se oculta la herida.
Doler es como amar:
                se calla hacia adentro.

Al pirata le falta el tiempo
que, fuera de su pañuelo,
se multiplican ramajes jóvenes,
le queman los bolsillos
espigas de otro fue.

Al muerto la tierra en el pecho
como al vivo la fosa abierta.
Pero antes que lo nuevo
duele lo primero.

Recuerda el llanto gato del bebé,
la sombra del padre
y la promesa de la madre.
El cerrojazo «para siempre»
y la nostalgia en un andén sin trenes.

Pasea el circo con sus jaulas vacías,
el tigre pintado de blanco
busca la carrera en la media
y los zapatos que aprietan.

Detrás de los pistachos
cuando suena lo perdido y crujen los nudillos.
Campanas la tarde de domingo
y cigüeñas que se marchan al Guadalquivir.

Siesta en vigilia del pasillo,
lana entre las piernas.
Sombra que se vuelve musaraña,
liendre en la mata.

Vinagre entre cebollas
y el cuarto del «quédate»,
el charco de la lluvia,
la motocicleta en la pared
y el sillín resquebrajado.

Esconderse en los libros,
negarse a vidas horizontales.

El pirata parpadea.
La muerte ha pasado de largo.

Un recuerdo que no fue

Se descoyunta la infancia en el cerco del vaso,
el cenicero colmado de aburrimiento,
los telediarios del mediodía.

Estupor en los pájaros encendidos
que caen del cielo,
las pavesas cuando escribo
y recuerdo la primera palabra.

Uña negra y anillo barato,
una gárgola frente al mar,
un disfraz de héroe sin causa:
algún fingimiento apocalíptico.

La Verdad convertida en banquete,
la falsa ironía y el entierro.
Llora madre hormigas
en la alfombra de la calle
y flores al pasar el cortejo.

A esa edad la grieta
en el asfalto de agosto,
la farola sin bombilla y el cine vacío.

La guerra que no se libra,
los celos del pasado,
la fascinación hecha revoque.

El brebaje de la bondad ajena,
umbría la hombría de los ángeles turbios
y los conjuros repentinos.
Amagos sentimentales
de lo que nunca importó.

Y misma la mentira,
la indiferencia y los platos sucios en el fregadero.
Me dolió, una vez, es verdad, el mar en Santander,
los delirios tiznados de ginebra barata,
el autorretrato en las encías,
una noche perdida de sábado.

Lo que no recuerdo es el primer atajo,
la pregunta no hecha,
el callejón sin salida.

Ternura

Me miro puro sin memoria todavía.
La higuera de los gitanos disputaba nuestra frontera
defendida por cipayos;
la sábana tendida era nuestra bandera;
unas canicas robadas, nuestra ofensa.
Catapultas medievales al asalto de un castillo de
[arena.

Aquel lancero bengalí con botas chirucas
se perdió en la bruma,
pero yo recuerdo las treguas de la batalla
para merendar y bañarnos en el río.
Enemigos de ombligos juntos,
risas de orejas grandes y dientes separados.
Pinaza en los codos y piñones en el bolsillo.

Anduve soledades tempranas
mirando la ciudad,
un imperio por callejones de pleamar,
el entierro de la sardina
cuando la madre callaba

y el cura bendecía,
y la vela titilaba,
y la luna era otra cosa.

Tendía la mano hebra de dedos
en la fuente y bebía
solo para saciar la sed.
Así era lo sencillo,
el viento era aire
y la lluvia, agua:
lo imposible no existía.

Cuando no se había inventado la adolescencia
toda conciencia basculaba
en una noche de ruptura.
Seguía el huevo en la mesa del padre,
el cigarrillo en la goma del calcetín,
el estepario Hesse y el *Interviú*.

De esas mareas en la colina
van y vienen sístoles y diástoles.
El pecho desnudo de mujer profecía.
Y luego el tren de las cuatro,
la arena pegada a los tobillos,
la tristeza en la ventanilla
sin saber por qué.

Recuerdo la cucharilla en el primer carajillo,
un poco parisino;
el justo expatriado lee a Cortázar.

La primera borrachera involuntaria
me mostró el infinito en un cuaderno nocturno.
Steinbeck acariciando un ratón,
Camus bajo la blusa de María Casares,
García Márquez y mujeres con sombra de bigote.

Era bello romperse a cada paso,
estallar en cada palabra
las rebeldías del amanecer
y volver a casa, cansado,
y dormir en la misma cama
donde ya no me cabían los pies.

Cuánto valor en un cuerpo tallo,
me susurra la ternura,
lejos melancolía,
que aquel aquí que fui
sigue en mí de alguna manera,
en ciertas ausencias y algunos olores,
en los abrazos fraternos y en las canciones de
[Knopfler,
en el Renault 5 amarillo y la curva del Garraf,
en el gato que está triste y azul

donde bailamos tú y yo
y la ternura del camarero.

Infidelidad barroca

Si te miro me exalto te amo me callo me lamo te muerdo por dentro estalla la calma que pierde el sentido sonrisa que oculta el colmillo cuchillo la lava que brota cuando roza tu ingle el hueco de viento y yo contigo lo no dicho alambre del deseo palpita en tu ombligo anillo que brilla pureza incumplida que quieres y no quieres beso perfecto del semáforo que cambia la luz de tu reflejo eres tan frágil sin cuerda ausente donde te dibujo y trepas hasta mi carne en la alfombra mágica de una sábana rota.

Dioses pequeños

Inventé la inmortalidad
para escapar de ser hombre de paso.
Dios pequeño con un manojo de estrellas
siembro el cielo de augurios.
Puedo con la palabra
lo que no me alcanza en la vida,
ser yo mismo
sin faltas de ortografía.
Describirme difuso,
casi cierto.
Escribo para nacer nuevo
sin espejo, me prometo.
Dejar de ser conclusivo
para ir aprendiendo
lo perfecto de lo imperfecto,
la dimensión mineral
de lo no dicho.
Puedo sujetar una palabra que tiembla
a punto de caer
y ver en su giro
los misterios del tiempo,

la voracidad de la sílaba,
la trampa de la frase hecha.
Puedo ver los mundos extintos
y sucumbir,
perdonar,
escribir sin por qué.
Y a veces entiendo,
entonces me callo
no por miedo
sino por asombro
cuando de entre mis dedos zurdos
emerge un unicornio diestro.

Sin querer

Junto a la tapia del cementerio
–ahora no recuerdo si fue en Gaillac
o una de esas noches de Vienne
con el cielo helado
por ese silencio expatriado
del que me hablaba Cervera–,
hay una placa donde está escrito
calle de la Libertad.

A veces los poetas nacen en las oficinas de
[urbanismo.

Cartagena de Indias

Tengo que contar con los dedos
las muertes que me faltan,
besar los besos que me han besado,
recordar las caricias fiadas,
guardar como un privilegio
cada vez que reímos al gozar
mientras el mundo
nos decía que no.

Amar el olor de la menta en los dedos,
el barranco de tu espalda
y la gota que se estanca
para que nazcan los peces del verano.

Dejar que se apague el fuego
para ensimismarme en la brasa.
Respirarte por dentro cuando vas a quedarte
[dormida.
Beber una última vez tu sexo
para encontrarme cara a cara
con Dios.

Quererme marchar
antes de que asome el azul reproche.

Mi culpa el herrero

Anda Dionisio a las bajezas perdido
creyendo verdades de espejo.
Confunde flores por hierro y bendice la culpa
que carga en sus hombros.
«¡Qué maravilla –grita–,
batir las alas
al calor de la fragua!».
Bendita sea su maldición.

Forja el herrero el grillete para la fiera amaestrada,
perro sin dientes,
hombre sin habla,
niño azogue,
la gota fundida
que se crece en mi garganta.

A la gloria, mis sueños.
A la santidad, el barro rojo.
A lo imposible, aquella cuerda del universo.

A veces rozo la belleza,
lo absoluto ahí arriba,
mucho más allá
de la gruta,
prisionero
de mi culpa el herrero.

Vida

Vida la manzana verde
que rueda por mi mano
y llega roja al río,
derrota de barco
corriente abajo.

Me derramo cuero
al amanecer en las cumbres silenciosas:
quietud que casi es paz.

Peregrina la duna
que despierta la voz de los hombres
hoyando su calma con el vuelo de una ilusión.

Hasta los confines la noche es esfera
girando los anhelos de quien mira
desde la ventana: preguntas a dioses
que no tienen respuesta.

La piedra caliente del horno,
el recuerdo de levadura,

la cuerda en la viga, la frasca de vino,
aquel piano sin una tecla
y el perro echado
a los pies de tu zapatilla.

Vida es lo que llega.

Libre

Soy libre a ratos
si me olvido de la galera,
si digo que no
de vez en cuando.
Soy libre en la espiga
que descabeza el viento.
Soy libre cuando crezco menudo
en lo que a nadie le importa.

Soy libre en la arruga del viejo,
en la silla vacía,
en la colilla en el vaso,
en la botella que rueda
hasta tu pie.

Libre cuando leo y no pienso
que haya algo que deba pensar;
abrir la ventana y que el tiempo haga
lo suyo.

Soy libre cuando lamo
tu saliva en mis encías
y tu cuerpo en la percha
se balancea a media luz.

Soy libre cuando escapo
de la órbita
en la que el mundo gira.

Libre sin grisú,
guitarra en la cadera,
palmas en el eco.

El corazón de la ballena azul
cuando me doblo en la nube.

Pero nunca será libre
el árbol
sin su raíz.

PARTE II

DESDE LA ORILLA

El notario

Anda el notario
con un calcetín de cada color
viendo pasar a la monja
que sueña milagros.

Esta mañana me dijo,
contrato en mano,
que la vida se parece
a un beso en la cal.
Serio, firmó lo dicho
y se bajó de la horca.

Tiene el notario
nombre de epístola,
franela descosida
y esa manera extraña
de ser sombra.

Vacío de lenguaje,
su puño manchado de tinta,
no sé cómo decirle

que la rueda siempre gira
hasta que se detiene.

Y que para, casi todo, ya es tarde.

Una mala noche, Leonardo (da Vinci)

La vida no es mucho, si se piensa.
Por eso es mejor no pensar.
El viejo Leonardo garabatea sus frases
en una noche de bolsillo
cuando los perros ladran.
No le consuela saber
que todos sentimos
alguna vez el peso
de nuestro fracaso.

Mejor sigue escribiendo,
fumando, bebiendo.
Viejo Leonardo, muere despacio
el tiempo tumbado en tu cama,
rotas las manos.

Con cabellos de santo y barba de profeta.
Sin Dios ni fe dobla las rodillas,
acaricia la nuca
de la última palabra.

Bebe tu aliento, Leonardo.
Así nacemos.
Así nos vamos.
A medio acabar.

Vestidito limón

Anda la vieja vestida de noche.
Él duerme, ella vela.
Frente al espejo ofrece su cuerpo
y araña otra costra en su pecho,
se arranca el neón de pieles extrañas;
su vientre sangra y se tinta azul.
Cada nombre, cada herida,
aquellos que le mordieron el corazón.

Cuando el verano sea,
cuando el mundo se vaya,
cuando los monstruos declinen
volverá el verde limón.

Vendrá un nuevo nombre
se promete
y cuelga sus ojos blancos
en las ramas del arrayán.

Casi cierto

Y hoy me parece que la ciudad salta
de milagro en milagro.
Un poco menos muerta.
Será por la pluma que he visto flotar,
será porque le han puesto falda al maniquí
y alguien se ha apiadado de su pestaña torcida.
Será porque en el árbol donde vomita el borracho
ha nacido una enramada.

Será porque han apedreado una mentira.

En el autobús que pasa veo ojos que ven.
En la cesta de la compra, tomates, semillas.
En el cartón mojado del vagabundo, la felicidad,
y en la barba descosida del buhonero, a Jack London.

En la chica maquillada, la sonrisa del teatro.
En el nudo mal hecho de la corbata, la ligereza.
En los calcetines dispares del ciclista, el equilibrio.
En la carne colgada, una posibilidad de justicia.

En mi bolsillo crecen amatistas,
en tu escote hay una cordada de sherpas.
La gota que resbala por el vaso sin quebrarse,
el azucarillo desparramado es la Vía Láctea,
Lorca se baña en calzoncillos en la orilla de Dalí,
Pavarotti estampa la báscula contra la obviedad.

Quién sabe si ha sido el sueño
donde me cortaba las piernas y crecían mis alas.
Si ha sido tu sonrisa colgada en la pared
o la sábana en el suelo.
He despertado en un mundo de cristales esmeralda.
Cierro los ojos en medio del caos
como si el sol fuera benigno
y la luna, candela,
como si fuéramos, juntos, a alguna parte.

No quiero abrirlos.

El rinoceronte blanco

Hace muchos años conocí
un rinoceronte blanco
de esos que abundan en nuestras calles
con su corte de pájaros.
Lo encontré al girar
mi esquina escrita
donde se lee lo que te espera
pero no se puede borrar.

Eran esos días de glorias
en los balcones
y bombonas de butano,
de calzoncillos en los tendederos
y reinas acodadas,
de quemaduras de cigarrillo en el pantalón
y quioscos prohibidos.
Tardes noches
de cremalleras rotas.

Tenía el rinoceronte lo que tienen todos
los émulos:

el ojo de cristal,
el cuerno del hechicero
y orejas de duende.
Y claro, esa sonrisa de vendedor de biblias.
A cinco pesetas el sueño;
a veinte, las pesadillas.
Por cincuenta, un alma;
por cien, una condena.

Caían los diecisiete
como las bombas sobre Hiroshima:
hongos perfectos vistos desde arriba
y Rosendo en la serpentina
del escote de mi Cleopatra
egipcia de peluca y varices prematuras,
falso cuero y peor entraña.

Territorio propicio para rendiciones íntimas,
las paredes pintadas con esperanzas colibrí,
la música perdida de Medina Azahara
en muros sin adobe
muy a lo lejos.

Tenía el rinoceronte blanco la pajarita negra
y mi número de la suerte.
Sierpes azules debajo de la piel,
heridas de suburbio,

cuartillas en el bolsillo trasero
y el deseo de algo por lo que morir.

Una jaula pintada en el aire
fueron los ochenta
cuando el rinoceronte blanco enseñaba
su diente de marfil
y las rosas eran verdes.
Los diecisiete, los treinta
y la vida se marchó sin mí.

En un sucio váter del barrio sur
se lee el epitafio de un cazador:
«Yo conocí al rinoceronte blanco y él me conoció a mí».

Vías muertas

No sé cómo contar
la tristeza de fosa común
que me embarga al llegar
al punto final
de una estación de tren
en cualquier gran ciudad.

Nueva York, París o Barcelona
tras las puertas giratorias
donde acaba lo posible
y empieza lo inevitable,
donde crecen los nenúfares
en charcos de aceite.

En los vestíbulos penden oriflamas
con colores morados
y fuera acechan cuervos sin manuscrito.
Sus calles son altares
donde ofician fantasmas sin credo.

Agazapados en las aceras,
observamos el desfile de perros huérfanos,
los buscadores de colillas,
los cazadores de mariposas
y las princesas embrutecidas
con vino barato.

Y yo me pregunto qué esperan los desesperados
en esta vía muerta,
qué ven sus ojos de mirada vacía,
qué palabras mastican sus lenguas secas.

Tal vez esperan el milagro prometido,
quizá el fragmento que les falta,
que el universo se caiga,
que los hombres no sean efímeros,
que suene aquella canción
en alguna parte.

Probablemente no esperen nada
y yo me pregunto si hay algo que esperar
mientras atravieso deprisa
esas grietas de miseria
negando las manos
que arañan mi sombra.

Prefiero los apeaderos
desiertos y tapiados,
donde nadie sube ni baja
mientras el sol dora el centeno
y de vez en cuando
salta un destello.

Será porque lejos parezco más feliz,
menos atrapado,
porque me gusta el sonido
del silencio que queda
cuando el tren se ha marchado
y el reloj del andén
cuelga sin horario.

Será que me gusta la curva
del cable del telégrafo,
las locomotoras de carbón,
la moneda aplastada en el raíl
y los horizontes que me llevan
a alguna parte.

La biblioteca

A Jordi Canal

Pequeño Einstein recién peinado
sin los tráfagos del átomo
ni las deudas con el porvenir
andan tus ojos de brillo en brillo
en las estanterías de tu ciudad Babel.

Salido del tiempo en el que fuiste
has decidido permanecer
en el quiosco de tu pueblo
con tu camisa de cuadros,
tu bigote ahumado por los cigarrillos
y esa sonrisa al final del whisky.

Tu vida: una lectura de tierras lejanas,
metros por Brooklyn,
tormentas eléctricas en Iowa
y algún paseo entre l'Hospitalet
y Vallvidrera.
Todo lo sabe y todo lo apunta
tu dedo zahorí,
de los italianos a los ingleses,

de los franceses al fracaso
en el imperio donde reinas,
rey entre reyes silenciosos
de las letras negras.

Poco te importa
lo que no te importa,
que te dejen tranquilo
con esta tarde de polvo
de gato mimado,
de recuerdos encendidos
cuando Eulalia te llama
a cenar.

Amigo callado,
amigo te llamo,
amigo hermano
de pupilas calmas:
todos mis desvelos
te han navegado,
todas mis dudas
te he confiado.
Todas tus enseñanzas
he aprendido
en un cenicero repleto de charlas.

Las guardo conmigo.

El vagabundo

Ya nadie se cuela en los vagones
que van al Oeste.
Ya nadie se arriesga a morir
atropellado en la cuneta.
Ya nadie pregunta
dónde el opio y dónde la absenta.

Solo quedan las películas
y los periódicos viejos.
La fotografía de Marlon Brando
susurrando el horror
y tus botas militares
sin cordones.

A cuánto tu cuento
te pregunto,
si improvisas.
Hay quien se queja
de que tus historias
apestan a entrepierna.

Dices que eres mago;
en las venas de tu antebrazo
aletea el genio cansado
cuando coges el lápiz
y te haces posible.

Te duermes embozado
en esa manta de caminos
y leo que has escrito
que yo ya estoy muerto
porque nunca he nacido.

Ausente

Te llamas como la canción
pero no te pareces a la letra;
acepto tus uñas rojas
aunque rotas
y la savia que dejas
en el borde del vaso
con forma de grieta.
No quiero decirte
que flota
en el fondo
una pestaña
como una rama,
que mañana será hoy,
que te faltan dos lentejuelas.
Pero yo no pinto ángeles,
prefiero contemplarte
en tu ausencia
inclinada la cabeza,
y sonríes
cuando escuchas tu nombre
al final del estribillo.

Coltán

Catorce años entre la tantalita
son mil años a cuenta de la inocencia.
Andan tus hermosos pies descalzos
pisando diamantes que otros ignoran
y tu mano oscura acaricia
dragones dormidos
en las tumbas de barro
de Katanga.
Cuelgas canguro a tu bebé
de un pecho generoso en amor
ocultándole bajo el sombrero
las dudas de la mañana.
Venden deseos a precio de abalorios
donde tú regalas milagros
con esa risa que franquea el infierno
que siembra fértil
de flores,
de historias,
el aire de ojos enamorados
fuera de la mina.

Día de viento

Amanece callado
atrapado en la acera
el árbol de ciudad.
Eufemismo de sí mismo:
estoico perdedor,
bosque domesticado
en los cuadros de Instagram.

Pero hoy sopla el viento
y parece despertar
su alma de madera.
Una memoria de selva austral,
de hayedo antiguo,
de olivar romano.
La llamada del baobab
desde el centro de la Tierra.

Sacude el ramaje
y lanza al juego
una danza de hojas,
torbellino espiral.

Se dan la mano en coro,
alegría de niñas
en el patio del colegio,
sinfonía lunar,
universo que cae;
risa que sube,
pleamar urbana
que invita a bailar:
una bolsa de plástico
se cuela buscando pareja.

Peter Pan

Quenías ser Holden,
quedarte en esa edad intermedia
cuando ser idiota suena romántico,
y el aburrimiento solo es temor.
Con esa gorra roja de visera partida
te imaginabas expulsado
en el crepúsculo de lo que estaba por suceder.
Escribías y callabas
mientras ella te leía
esperando un veredicto
que tú ya habías firmado.

Ya no se derrama cera
en el altar de la rebeldía
ni quedan santos a quienes rezar.
Se han ido todos.
Pero sigues siendo
esa palabra que no encaja,
la misma pregunta sin responder;
si la vida tiene rima,
si deberías haberte casado con Juana.

A ratos dices que envidias
los mapas del tiempo,
la tierra para los que merecen descanso,
las derrotas tranquilas.
Pero yo sé que mientes,
en tu verdad de elegía
disfrazas el miedo de coraje
en tu colchón desnudo.

Tú que amas las brújulas sin norte,
que solo sabes buscar
lo que no puedas encontrar,
de repente te escondes del espejo.

El pintor

Exponía el pintor su evidencia
con su carga de apatía
a las seis de la tarde.
Decían sus cuadros gritados
que pintaba porque le entristecía la fealdad,
quien arrastra los pies
sin ganas de volar,
un perro que hurga
el despojo.
No tenía otra explicación
esa paleta enloquecida,
como no sea que le dolían
las cosas rotas
y las vidas incompletas.
Pintaba el pintor lo imperfecto
porque nada hay más insoportable
que soportar
este mundo perfecto.

Índice

Parte I
Tierra adentro

Parte II

Desde la orilla

Mientras el mundo dice no,
de Víctor del Árbol,
se terminó de imprimir
en Madrid, el día 28 de octubre
de 2023.